AF582156

L'UNION DE LA PAIX ET DE L'AMOUR

PASTORALE;

REPRESENTÉE PAR L'Academie Royale de Musique, établie à Roüen.

BIBLIOTHEQUE ROYALE

Se vend,

A ROUEN, à la Porte de ladite Accademie, vis-à-vis la ruë Herbiere.

Avec Privilege du Roy,

M. DCC.

ACTEURS
DU PROLOGUE.

E DESTIN, Mr Leger.

Suite du Destin,

LA RENOMME'E, Mademoiselle Gautier.

Suite de la Renommée,

UN PLAISIR, Mr le Fevre.

Suite de Plaisirs & de Graces,

Plusieurs Peuples.

PROLOGUE

Le Theâtre represente le Palais du Destin.

LE DESTIN & SA SUITE.

MON pouvoir absolu que respectent les Dieux,
S'étendoit autrefois sur la Terre & sur l'Onde:
La Paix, ce bien delicieux,
Qui de mille autres biens est la source feconde,
Ne décendoit jamais des Cieux,
Sans avoir consulté ma Sagesse profonde;
Mais un Heros laborieux,
Un Heros qu'en tous Lieux la Victoire seconde,
A brisé du Destin le joug imperieux,
Et par des Exploits glorieux
Sa valeur aujourd'hui fait le destin du Monde.

Choeur de suite la du Destin.

Un Heros qu'en tous Lieux la Victoire seconde
A brisé du Destin le joug imperieux,
Et par des Exploits glorieux
Sa valeur aujourd'hui fait le Destin du Monde.

LE DESTIN.

Pour celebrer le retour de la Paix,

Mortels chantez, le Destin vous l'ordonne,
Et par vos soins meritez les biens-faits
Du Heros qui vous la donne.

On entend un bruit des Trompettes.

Ces sons harmonieux
Que cellequi prend soin d'annoncer ses Conquestes,
Vient faire entendre en ces Lieux,
Vont se mêler à vos galantes Fêtes.

On reprend l'air des Trompettes pour la décente de la Renommée

LA RENOMME'E *& sa Suite,*

Aprés avoir servi les glorieux Exploits
Du plus puissant des Rois,
Pour publier la Paix sur la Terre & sur l'Onde,
L'amour veut qu'aujourd'hui mon zele le seconde,
A r. tablir son Empire & ses Loix:
Faisons raisonner nos Trompettes,
Rapellons ici les plaisirs,
Les tendres Amourettes,
Pour satisfaire à ses pressans desirs.

Chœur de la Suite de la Renommée.

Faisons raisonner nos Trompettes,
Rapellons ici les plaisirs,
Les tendres amourettes,
Pour satisfaire à ses pressans desirs.

Les plaisirs viennent danser un air.

LE DESTIN.

Hastez vous de donner un spectacle à la Terre,
Qui n'ait point eu d'égal & qui n'en ait jamais,
Joignez à ces concerts de Guerre
Les doux chants de la Paix.

Deux hommes

PROLOGUE.

Deux hommes & une femme.

Charmante Paix, qu'on vous rend de justice,
Lorsque de tous les Biens on vous croit le plus doux:
Mais comment voulez-vous helas! qu'on en jouïsse?
Puisque vous ramenez les Amours avec vous.
Contre les plus insensibles,
Ils lanceront mille traits;
Il n'est point de cœurs paisibles,
Quand l'amour en est si prés.

Les plaisirs & les Graces dansent un menuët.

UNE DES GRACES.

La Paix a beaucoup de charmes
Pour avoir de beaux jours
Elle est d'un grand secours:
Mais, sa tranquilité ne vaut les allarmes
Que causent les Amours.

On repete le menuët, aprés lequel on danse une Gigue.

UN PLAISIR.

O l'heureux sort d'estre aimé quand on aime!
Et qu'il est doux de l'éprouver soi-même;
Que de plaisirs on goûte à tous moments!
Tendre jeunesse,
Aimez sans cesse,
Mille enjoüemens

Rendront vos jours charmans :
Quand on s'engage
Dans le bel âge
O l'heureux ſort d'être toûjours Amans :

On redanſe la Gigue.

SECOND COUPLET.

Il faut aimer ou renoncer à vivre ;
Jamais penchant ne fut plus doux à ſuivre ;
Les jeunes Cœurs ſont faits pour les amours :
Si l'on ſoûpire
Sous leur Empire ;
Ils ont toûjours
D'agreables retours :
Juſques aux larmes
Tout a des charmes,
Il faut aimer pour avoir de beaux jours.

LE DESTIN & LA RENOMME'E.

Au pouvoir de l'amour il eſt temps de vous rendre,
Il n'eſt aucuns mortels ni Dieux
Qui puiſſent s'en deffendre :
Pendant que nous allons retourner dans les Cieux,
Pour l'aſſurer de vôtre obeiſſance,
Chantez les attraits & la puiſſance
Que ce Dieu fait voir en ce jour,
Et par vôtre réjoüiſſance,
Aprenez aux Bergers d'alentour,

Que la Paix dans ces Lieux s'unit avec l'amour.

Chœur où tout le monde chante.

Chantons les attraits & la puissance
Que ce Dieu fait voir en ce jour,
Et par nôtre réjoüissance
Apprenons aux Bergers d'alentour,
Que la Paix dans ces Lieux s'unit avec l'amour.

Fin du Prologue.

PERSONNAGES

DE LA PASTORALE.

ELADON, Mr Leger.
SILVIE, Mademoiselle Sallé.
LICIDAS, Mr Cochereau.
CLIMENE, Mademoiselle Cochereau.
ARCAS, Mr Bonnel.
IRIS, Mademoiselle Poüssain.
LE SATIRE, Mr Sallé.
Chœur de Satyres.

L'AMOUR & LA PAIX.

La petite CORETTE. Mademoiselle GAUTIER.
Chœurs de Bergers & de Bergeres, chantans & Dançans.

L'UNION DE LA PAIX ET DE L'AMOUR PASTORALE.

ACTE PREMIER.

Le Theâtre represente une Forest & dans le fond un Boccage.

SCENE PREMIERE.

LE SATYRE, *seul.*

AH, que l tourment d'aimer, quand on n'est point aimable !
Faut-il que le cruel amour
Me fasse éprouver en ce jour
L'horreur d'un sort si déplorable?
Soûmis aux dures Loix d'un penchant

amoureux?

J'offre en vain une ardeur fidelle,
Chaque Nymphe à mes vœux rebelle
Rit de mes soins & meprise mes feux:
Sous ton Empire
S'il faut que je soûpire,
Prés des yeux qui m'auront charmé,
Amour, rends moy plus digne d'estre aimé.
Nourrissons la douce esperance
De voir finir un jour cette longue souffrance,
Aimons ne nous rebutons pas,
Les plaisirs de l'amour n'ont jamais tant d'appas,
Qu'aprés un peu de resistance.
Séjour délicieux,
Boccages, naissante verdure,
O vous qu'enrichit la Nature
De ses Dons les plus précieux!
Ruisseaux, qui mélez en ces Lieux
Vôtre doux & charmant murmure,
Vous allez voir finir les tourments que j'endure;
Et l'amour aujourd'hui va changer en plaisirs,
Mes vains & languissans soûpirs:
Mais, quel objet charmant paroist dans ce Boccage!
Que d'attraits! que d'appas!
Ah! pourquoy ce Berger vient il suivre ses pas?
Retirons nous sous cet épais feüillage,
Craignons de nous trop engager,
Il faut un peu se ménager
Quand on craint de porter ombrage.

Il se retire pour attendre le moment que Climene soit seule.

SCENE SECONDE.

CLIMENE, LICIDAS.

CLIMENE.

C'Est par vostre retour, Printemps, que dans ces Lieux
Nous revoïons Zephire & Flore,
Par leurs doux soûpirs faire éclore
Les Fleurs qui brillent à nos yeux;
Quand tout renaist dans la Nature
Et que nos Champs reprennent leurs attraits,
Ah! faut-il que l'amour d'un Ingrat, d'un parjure,
Dans son perfide cœur soit éteint pour jamais?

LICIDAS.

A vos appas j'aurois rendu les armes,
Mais vos mépris ont effrayé mon cœur;
Vos yeux remplis d'un feu trompeur,
A ma tendre constance ont couté mille allarmes:
Vôtre beauté
M'avoit sçû prendre,
Vôtre fierté
A sçû me rendre
La liberté.

CLIMENE.

Par les rigueurs,
On éprouve un Amant fidelle,

Il n'auroit jamais de douceurs,
S'il ne passoit en son ardeur nouvelle
Par les Rigueurs.

LICIDAS.

Par les faveurs,
On se fait un Amant fidelle,
Il se promet peu de douceurs,
S'il ne commence en son ardeur nouvelle
Par les faveurs.

Tous deux ensemble

Par les rigueurs,
Par les faveurs, &c.

LICIDAS.

Pourquoy les Belles
Sont-elles
Cruelles?
Par un couroux ingenieux
Elles allarment nôtre flâme:
Ah! quand on fait le charme de nos yeux,
Doit on causer le tourment de nôtre ame?

CLIMENE.

Telle est la Loy de nos Hameaux,
Nous voulons qu'un Berger souffre quand il soûpire,
Plus il a ressenti de maux;
Plus douce est à ses yeux la fin de son martyre.
La Rose embellit nos Champs,
Les Epines Cruelles
N'en rendent point les charmes moins puissants:
L'amour a ses plaisirs, par de legers tourmens,
Prepare les Amants fidelles.

CLIMENE

CLIMENE & LICIDAS.

Par les rigueurs ;
Par les faveurs, &c.

On entend une Symphonie plaintive.

CLIMENE.

Qu'elle triste harmonie
Interrompt ici nos discours ?

LICIDAS.

C'est Meladon, qui de Silvie
Ressent l'injuste tyrannie,
Et vient chercher quelque secours
Au sort infortuné de ses tendres amours.

CLIMENE.

Je sçai la douleur qui le presse,
Il m'a tantost appris ses mortels déplaisirs :
Ne troublons point ses languissants soûpirs,
Et voyons jusqu'où va l'excés de sa tristesse.

SCENE TROISIE'ME.

MELADON.

N'Est-il pas temps, enfin, de soûmettre mon sort
Aux ordres rigoureux de l'Objet que j'adore?
Ses mépris, ses rigueurs, me livrent à la mort ;
Pour le fléchir, j'ay fait un vain effort,
Helas! je souffre trop, pour vouloir vivre encore :
Ce fut dans ce charmant séjour,
Que mes yeux enchantez virent d'abord Silvie:

Ici commença mon amour,
J'y viens finir ma vie.
C'en est fait je cours au Trépas,
Il me rendra ce repos favorable,
Dont je n'esperois plus me flatter ici bas;
Adieu Silvie, adieu Bergere impitoyable,
Souvenez-vous au moins d'un Amant miserable
Qui meurt pour vos divins appas.
Si vôtre cœur eût pû se rendre
A l'ardeur la plus tendre,
Ah! ne la meritois-je pas?

Il veut se percer le Sein; mais il est arresté par Arcas qui se saisit de son fer.

SCENE QUATRIE'ME

ARCAS, & une Troupe de Bergers & de Bergeres chantans & dançans.

Nous quittons tous nostre charmante Rive,
Pour accourir à vôtre voix plaintive,
D'où vous vient ce cruel transport?

MELADON.

Ah! pourquoi, cher Arcas, retardez-vous ma mort?
Vôtre pitié pour moy, n'est qu'une pitié vaine,
Rien ne peut soulager ma peine,
Laissez-moi m'affranchir des rigueurs de mon sort.

ARCAS.

L'Excés de sa douleur

L'empéche de nous dire
Ce qui cause son martyre,
Pendant qu'il va m'ouvrir son cœur,
Bergers, déplorez son malheur.

Arcas sort avec Meladon.

CHOEUR.

O Meladon! ô Berger trop sensible!
Quel destin! ah quel sort terrible!

On danse une Sarabande grave, aprés laquelle tout le monde s'en va. Climene & Licidas restent seuls.

CLIMENE.

Que Licidas dans ces moments
Ne peut il éprouver de semblables tourmens?
Vainement vôtre indifference
Vous flatte de braver l'amour & sa vengeance:
Croyez-vous échaper à ses traics méprisez?
Si quelque fois ce Dieu differe
D'asservir un temeraire
Qui ne le connoist pas assez:
Il vient un temps ou sa Colere
Severe,
En l'accablant par des coups plus cruels,
Venge l'honneur de ses Autels.

LICIDAS.

C'est un Enfant dont la foiblesse
Ne me sçauroit causer d'ennui:
J'empécherai qu'il ne me blesse,
Et serai libre malgré lui.

SECOND COUPLET.

De ses appas & de ses charmes

Je ne crains point le doux poiſon:
Et quoy qu'il ait de fortes armes,
Je ſuivrai toûjours ma raiſon.
Mais, pour n'expoſer pas mon cœur à ſes allarmes,
Il faut en évitant vos plaintes & vos larmes,
M'arracher à ſa trahiſon.

Il quitte Climene.

CLIMENE, *ſeule.*

Il me quitte l'ingrat, il ne veut plus m'entendre
O Dieu puiſſant! qui regnez ſur les cœurs,
Avez-vous ſur le mien épuisé vos ardeurs?
Lui ſera t'il toûjours permis de s'en deffendre?
Helas! pour vous vanger, que pouvez-vous attendre?
Mon cœur vous fournira ces traits pleins de rigueurs,
Qui me forcerent à me rendre;
Arrachez les d'un cœur ſi tendre,
Pour en faire à l'ingrat reſſentir les horreurs,
Et faites que je voye à mon tour ſes ardeurs,
ſans m'en laiſſer ſurprendre.

Elle veut s'en aller; mais elle eſt arreſtée par le Satyre.

SCENE

SCENE CINQUIE'ME.

LE SATYRE.

Belle Nymphe arrestez, écoutez un moment.

CLIMENE.

Fuis, ta presence augmente mon tourment,
Qui t'a rendu si temeraire,
Que d'oser approcher de moy?

LE SATYRE.

Le desir de vous plaire
Et de vivre sous vostre Loy.

CLIMENE.

L'amour est-il connu d'un monstre tel que toy?

LE SATYRE

L'amour sous son Empire
Soûmet tout ce qui respire,
Et tous les cœurs peuvent sentir ses feux:
Qu'importe, Bergere cruelle,
Que je sois un objet affreux,
Pourvû que j'aye un cœur fidelle;
Avec des traits plus beaux, un Amant infidelle;
Doit-il être d'un prix plus charmant à tes yeux?

CLIMENE.

Quand l'Amour nous engage
On seroit trop heureux,
Si le mépris d'un volage

Pouvoit éteindre nos feux:
Plus on se fait de violence
Plus le cœur se trouve enflamé,
Et jusqu'à l'inconstance,
Tout plaist dans un Amant aimé.

LE SATIRE

Essaye un peu de ma tendresse,
L'ardeur qui pour toy me presse
S'enflamera chaque jour:
Tu me verras brûler d'une flâme constante,
Et tes beautez, Bergere trop charmante;
Augmenteront sans cesse mon amour.

CLIMENE.

D'un cœur comme le tien je méprise l'hommage;
Va vanter autre part ta constance & ta foy:
L'amour m'eût vû bien-tost braver son esclavage,
S'il n'offroit à mes fers, qu'un captif tel que toy.

Elle s'en va

LE SATIRE.

La cruelle me fuit & me livre à ma rage:
Venez Faunes, venez Silvains,
Venez d'un malheureux adoucir le martyre,
Vangez un amant qui soûpire,
Et charmez par vos jeux l'horreur de ses dédains.

Chœur de Satyres & de Silvains chantans & dançans.

Nous voilà prests à punir qui t'outrage
Faut il faire souffrir
Languir,
Perir,
Que rien n'échape à nôtre rage!

LE SATYRE.

Non, non vôtre couroux
Ne m'eſt point neceſſaire ;
Mais chantez, danſez tous :
Effacez les mépris d'une ingratte Bergere,
A qui je n'ay ſçû plaire,
Vous rendrez mon Deſtin plus doux.

Les Faunes & les Satyres danſent deux airs, aprés leſquels ils chantent ce qui ſuit.

Chœur de Satyres & de Faunes.

Si c'eſt l'amour qui vous tourmente
Vous aurez toûjours à ſouffrir,
Sa douleur eſt toûjours preſente
Et lors qu'un bel objet l'augmente
L'on ne peut jamais en guerir :
Si c'eſt l'amour qui vous tourmente
Vous aurez toûjours à ſouffrir.

On redanſe une fois le ſecond air.

SECOND COUPLET.

Nôtre douleur devient extrême,
Quand l'amour trompe nos projets :
Pour mieux goûter un bien ſuprême,
C'eſt de trouver en ce qu'on aime
De quoy nous rendre ſatisfaits.

Nôtre douleur devient extrême,
Quand l'amour trompe nos projets.

LE SATYRE.

Je ſuis content de vôtre zele,
Allez, retournez dans vos bois;
Je veux chercher ici pour la derniere fois
Quelque ſoulagement à ma peine cruelle:
Peut-être en ce jour plus heureux,
L'amour aura pitié de mon ſort rigoureux.

Fin du premier Acte.

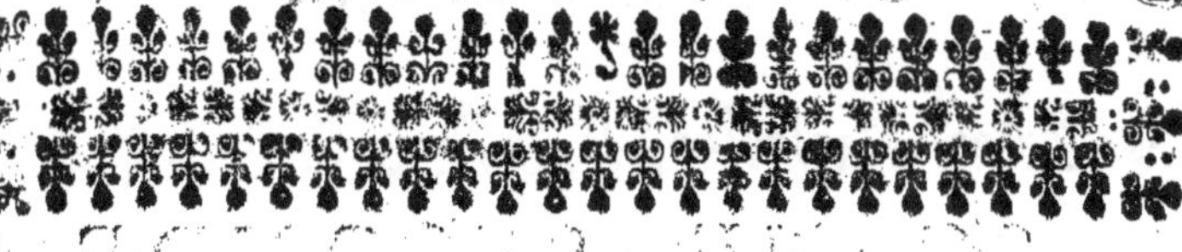

ACTE SECOND.

Le Theâtre represente des Jardins, des Fontaines avec des Allées de verdure en perspectives.

SCENE PREMIERE.

BIBLIOTHEQUE ROYALE

SILVIE. *seule.*

MES Moutons n'iront plus s'assembler sous l'Ormeau,
Ils n'oseroient cherchercher le frais, ni l'herbe tendre
Depuis que le Berger, qui m'a voulu surprendre,
A porté sa Houlette en un autre Hameau:
Helas! que l'Infidelle, en quittant mon Troupeau,
Ne laissoit-il dumoins son Chien pour le deffendre?

SECOND COUPLET.

Je me laissai seduire au langage nouveau
D'un Ingrat, d'un trompeur, qui me faisoit comprendre,
Que plutost on verroit les Agneaux entreprendre
De combattre les Loups, qu'il quittast mon Troupeau:
Helas! si l'Infidelle, au bord de ce Ruisseau,
Revenoit me parler, je craindrois de l'entendre.

E

SCENE SECONDE.

IRIS, SILVIE, LE SATYRE. *caché.*

IRIS.

VEnez-vous rêver en ces Lieux
Aux maux que font souffrir les charmes de vos yeux ?

SILVIE.

D'un Amant qui trahit ses feux & ma tendresse,
Mon cœur ici cherche à se dégager ;
Et ces Lieux écartez, si je ne puis changer,
Cacheront du moins ma foiblesse :
L'Inconstant Meladon ne me fait que trop voir,
Que mes yeux n'ont aucun pouvoir :
Il me quitte l'ingrat, ma douleur est extrême,
Il rompt les Serments qu'il a faits.
Quel suplice d'apprendre helas ! parce qu'on aime
Le peu que valent nos attraits ?

IRIS.

Vous croyez vainement Meladon infidelle,
Il vous aime n'en doutez pas ;
Agité des transports d'une douleur mortelle,
Nous avons tantost sa main cruelle
Prête à lui donner le Trepas,
Et sans nôtre secours helas !
Vous auriez vû perir l'Amant le plus fidelle,
Que l'amour ait jamais soûmis à vos appas :

Connoissez mieux l'avantage
Que vous avez sur ceux qui vivent sous vos Loix:
En vous voyant on peut estre volage,
Mais, c'est pour la derniere fois.

Le Satyre paroist.

SILVIE.

Ciel! que cherche en ces Lieux ce malheureux Satyre?

SILVIE & IRIS.

Evitons les horreurs que sa presence inspire.

LE SATIRE.

Où fuyez-vous, objets charmans?
Demeurez, que pouvez-vous craindre
De mes tendres empressemens!

Il s'adresse à Silvie.

Vous que je viens d'entendre ici se plaindre
D'un Berger qui fait vos tourments,
Soulagez l'ardeur qui me presse,
Et goûtez aujourd'hui la charmante douceur,
D'allumer pour vous dans mon cœur
Les feux toûjours constans d'une juste tendresse.

SILVIE.

Ose tu me parler d'amour?

LE SATIRE.

Ah! charmante Bergere!
Je languis pour vous nuit & jour;
Et je veux mourir, ou vous plaire.

SILVIE.

Fuis loin d'ici, crains ma colere.

LE SATIRE.

Qui refuse de s'enflamer,
ne connoit pas l'usage

Du temps propre à charmer :
Servez vous mieux d'un si doux avantage ;
Le plaisir de se faire aimer,
S'en fait souvent avec l'âge.

S'adressant à Iris.

Et vous n'aurez point quelque pitié de moy ?

IRIS.

Non, retire toy,
Ton air farouche,
N'a rien qui touche,
Il me cause un mortel effroi.

LE SATIRE s'adressant à Silvie & à Iris, l'une aprés l'autre.

Ah ! cruelle Bergere,
Ne veux tu pas m'aimer ?
Si je dis que pour toy je suis tendre & sincere,
Cet aveu doit il t'allarmer ?
Ah ! cruelle Bergere,
Ne veux tu pas m'aimer ?
J'ay beau vouloir te plaire,
Rien ne peut t'enflamer ;
Ton air severe,
Me desespere,
Toy, qui sçais tout charmer !
Ah ! cruelle Bergere,
Ne veux-tu pas m'aimer ?

S'adressant à Silvie.

Seras tu toûjours inhumaine ?

SILVIE.

Je ne puis plus souffrir tes importuns discours.

LE SATYRE

LE SATYRE *à Iris.*

N'adouciras-tu point mon amoureuse peine ?

IRIS.

Fuis, va chercher tes Tigres & tes Ours.

LE SATIRE.

Ah ! c'est trop voir braver l'ardeur qui me possede,
Cessez d'outrager mon amour,
Ou redoutez en ce jour,
La fureur qui lui succede :
Je me ferai raison dans mes transports jaloux
Du mépris qu'on fait de ma flâme,
Et l'amour pour jamais sortira de mon ame.
Pour vous livrer à mon couroux.

SILVIE & IRIS

Venez Bergers, accourez nous deffendre.

LE SATIRE.

Il est temps de venger mon cœur de vos refus,
Tremblez, vos cris sont superflus,
On ne peut les entendre.

Il veut les enlever.

SCENE TROISIE'ME.

LICIDAS, MELADON, SILVIE, IRIS & LE SATYRE.

LICIDAS & MELADON.

Nous venons à vôtre secours,
Contre qui devons-nous prendre vostre deffense ?

LE SATYRE.

O Ciel! quel sort pour mes tendres amours?
Quoy! vous triompherez toûjours
De vostre injuste preference?
C'en est fait, l'amour sort pour jamais de mon cœur,
Je vous vendrai bien cher, cruelles, le bonheur
D'avoir trop sçû me plaire,
Et la vengeance qu'on differe,
Ne perd rien de sa fureur.

MELADON & LICIDAS.

Crains que nostre juste colere,
Ne nous fasse en ton sang éteindre cette ardeur?

LE SATIRE.

Un Amant qui perd ce qu'il aime,
Voit il rien à redouter?
Craignez plutost vous-même,
La fureur qui vient m'agiter:
Pour un cœur méprisé, c'est un plaisir extrême,
De trouver quelque obstacle à vaincre & surmonter,
Et rien ne peut épouventer
Un amant qui perd ce qu'il aime.

Il s'en va.

MELADON *arrestant Silvie.*

Inhumaine arrestez, helas! où fuyez-vous?
Quoy! vous redoutez moins la rage
De ce Monstre cruel, dont l'amour vous outrage,
Que les feux d'un Amant qui meurt à vos genoux.
L'ardeur dont ma flâme est suivie;
Doit elle allarmer vostre cœur?
C'est en vous immolant ma vie,

Que je me veux venger, trop ingratte Silvie,
De l'excés de vôtre rigueur.

SILVIE.

Sous une trompeuse apparence,
Vous déguisez, envain, vôtre crime à mes yeux;
Si vous n'estes pas plus heureux,
Accusez en vôtre inconstance.

MELADON.

Quoy! J'aurois pû changer? Le croyez vous? helas?
Non, par une barbare adresse,
Vous feignez des soupçons que vous n'écoutez pas,
Ah! consultez tous vos appas,
Ils répondront de ma tendresse.

SILVIE.

Si vôtre cœur s'en fût laissé toucher,
J'aurois eu moins d'inquietude:
Et vantant mes appas, perfide, c'est chercher
Un pretexte de plus, à vôtre ingratitude:
Une autre a sçû plaire à vos yeux,
Vous avez brisé nostre châîne,
Je vous ay surpris en ces Lieux
Aux pieds de l'aimable Climene.

MELADON.

A tort vous m'osez condamner,
Souffrez que je vous desabuse.

SILVIE.

Non, Je n'entends plus rien, c'est une vaine ruse;
On doit finir un Amant qui s'est fait soupçonner,
Qui l'écoute souvent s'abuse;
Et vouloir souffrir qu'il s'excuse,
C'est vouloir lui pardonner.

Climene paroist.

MELADON.

Dieux ! que pour me tirer de peine,
Climene ici vient à propos !

SCENE QUATRIE'ME.

MELADON, CLIMENE.

MELADON.

VEnez rendre à mon cœur, le calme & le repos,
Apprenez à cette inhumaine,
Si vos yeux ont brisé ma chaine ?
J'ay beau verser des pleurs, on rit de mes tourmens
Comme de ma tendresse,
Et l'on compte pour rien, tous les maux que je sens :
Encor que l'hiver passe & que l'Eté renaisse,
Aprés le doux Printemps,
Je voy que pour moy seul, le froid dure sans cesse.

CLIMENE.

Vous l'accusez en vain de changement,
Son cœur vous aime tendrement,
Et vôtre Amour n'en doit rien craindre :
Il n'est point en ces Lieux de plus fidelle Amant,
Tantost à mes genoux il est venu se plaindre
De vos mépris, de son tourment.

CLIMENE, IRIS & LICIDAS.

A sa tendresse il est temps de vous rendre,

Comblez

Comblez son espoir & ses vœux;
Et faites un Amant heureux
Du plus fidelle & du plus tendre.

IRIS.

J'ay vû couler des pleurs mille fois de ses yeux

LICIDAS.

Je suis témoin de sa souffrance,

CLIMENE.

Ne doutez plus de sa constance.

Tous ensemble.

Comblez son espoir & ses feux.

SCENE CINQUIE'ME.

ARCAS avec une Troupe de Bergers & de Bergeres, chantans & dançans.

ARCAS.

Moderez pour un temps cette chaleur extrême
Et devenez attentifs à ma voix,
Silvie & Meladon, pour la derniere fois,
L'amour m'a prononcé sa volonté suprême;
Dés l'aurore ces mots, dans le fond de nos bois,
Sont sortis de sa bouche même:
Arcas, je vais finir les rigoureux tourments
De ceux qui sont sous mon empire,
S'ils ont souffert quelque Martire,
Bien-tost, ils vont estre contens:
Dans une heureuse intelligence
Bergeres & Bergers aimeront desormais,

Plus de froideurs, de soins ni de souffrance,
Tranquilité, Douceur & Paix.

Le Chœur repete ces quatre derniers vers.

Dans une heureuse &c.

Aprés lequel on danse quelques Airs.

DEUX BERGERES.

Cruels tourmens, tristes allarmes,
Retirez vous de l'empire amoureux:
L'amour viendra pour essuyer les larmes
De ceux qui brûlent de ses feux.
Cruels tourmens, tristes allarmes,
Retirez vous de l'empire amoureux.
Les objets qui font tous vos charmes
Reconnoistront en vous rendant les armes,
La sincerité de vos vœux.
Cruels tourmens, tristes allarmes,
Retirez vous de l'Empire auoureux.

On danse plusieurs Airs.

MELADON.

S'il se pouvoit que la belle
Qui me retient sous sa Loy;
De quelqu'autre ardeur nouvelle
Ne soupçonnât plus ma foy;
Est il un Berger fidelle,
Qui fut plus content que moy?

On danse le même Air.

SECOND COUPLET.

Si la charmante Silvie
Que j'aime si tendrement:
Sçavoit qu'elle est mon envie
Et que j'aime constamment;
Est-il un sort dans la vie,
Qui me paruſt plus charmant?
Dans une heureuse intelligence

On repette le Chœur ci-devant, pour finir le second Acte.

ACTE TROISIE'ME

Le Theâtre represente toûjours des Forests & des Boccages.

SCENE PREMIERE.

SILVIE, MELADON.

SILVIE.

ES soupçons sont finis, j'en croi vôtre Serment,
Vous allarmez vainement.
Je me rends à l'amour que vostre ardeur inspire,
Je fais sans en rougir un aveu si charmant:
Le plaisir d'aimer tendrement,
S'augmente encor par celui de le dire.

MELADON.

Avec transport, j'adore vos beaux yeux,
Je jure à vos appas une flâme éternelle.
Ah! si vous me rendez l'Amant le plus heureux,
Vous me verrez aussi le plus fidelle.
Cruels tourmens, soupçons jaloux,
Vous faites en ce jour le bonheur de ma vie:

C'est

C'est par vous seuls helas ! Et par vos coups.
Que je connois le prix de l'amour de Silvie.

SILVIE.

Quand tout succede au gré de nos desirs,
L'amour content languit, & n'a pas tous ses charmes :
C'est dans le trouble & les allarmes,
Qu'il trouve ses plus doux plaisirs.

SILVIE & MELADON.

Reprenons des chaines si belles,
Que nos ardeurs soient éternelles !
En publiant de si beaux feux,
Sans cesse on chantera dans ces aimables Lieux,
Heureux les cœurs qui sont fidelles.

MELADON.

Puisque l'amour va combler nos desirs,
Venez Licidas & Climene,
Vous partageâtes nôtre peine,
Vous partagerez nos plaisirs.

SCENE SECONDE.

LICIDAS, CLIMENE, SILVIE, MELADON.

LICIDAS.

En vain vous fuyez ma presence,
L'amour m'entraine sur vos appas :
Cruelle écoutez-moi, faites-vous violence
Pour recompenser ma constance,
Ou du moins pour voir mon trepas.

CLIMENE.

Vivez pour sentir vos allarmes
Et pour me voir insensible à vos feux;
Vous avez méprisé mes soûpirs & mes larmes,
Et mon cœur à son tour se dérobe à vos vœux;
Et plus vous serez amoureux,
Plus ma vengeance aura de charmes.

LICIDAS

Je ne connoissois pas l'amour
Quand j'ay méprisé sa puissance:
Est ce par vôtre indifference
Que j'en dois faire helas! l'épreuve dans ce jour?
Je le trouve en vos yeux, je ne puis m'en deffendre:
Le cruel se sert de leurs traits:
Pour forcer mon cœur à se rendre.
Usez mieux du pouvoir qu'il donne à vos attraits:
Ah! si je l'abandonne à ses charmes secrets,
Ce n'est pas pour le reprendre.

CLIMENE.

Ne cherchez point à m'engager,
En feignant un amour extrême:
Ah! si je vous disois, ingrat, que je vous aime,
Je vous verrois bien-tost changer.

SILVIE & MELADON,

Belle Climene, il faut vous rendre
A l'Amour d'un Berger si tendre & si constant;
De vôtre cœur suivez le doux penchant,
Puisque le sien ne sçauroit s'en deffendre.

CLIMENE.

Mon dépit vainement s'y voudroit opposer:
Que l'on croit aisément tout ce que l'on souhaitte!

En sa faveur cessez de me presser;
Mon cœur, sans le secours que vôtre ardeur lui prête,
N'a que trop de penchant helas ! à l'excuser:

parlant à Licidas.

N'abusez pas de ma foiblesse.

LICIDAS.

Climene enfin se rend à ma tendresse,
Quel changement grands Dieux !
Est-il un mortel plus heureux?
Belles fleurs dont ma Bergere
Se pare dans ce grand jour,
Ah ! ne croyez pas lui plaire
Plus que mon ardent amour:
Qu'avez-vous de fraicheur que son sein ne surmonte,
Ou d'éclat que son teint n'efface en un moment?
Si vous êtes prés d'elle, ah ! c'est pour vôtre honte,
Bien plus que pour son ornement?

LICIDAS & CLIMENE.

Quittons ces bords & ce rivage,
Pour chercher le repos, le silence & l'ombrage;
Mêlons nos vœux à nos soûpirs,
Goûtons le retour des plaisirs.

On entend une Simphonie.

LICIDAS.

Quel bruit nouveau se fait entendre?

MELADON.

C'est ce Satyre furieux,
Qui vient pour troubler en ces Lieux,
Les charmes que sur nous, l'amour aime à répandre.

LICIDAS.

Ne contraignons point ses soûpirs,

Laißons à sa douleur un cours libre & tranquille,
Et joüissons de la rage inutile,
Qu'en son ame jalouse excitent nos plaisirs:
Tout le monde s'en va & laisse le Satyre seul.

SCENE TROISIE'ME.

LE SATIRE, *seul.*

De quels cris odieux retentissent nos plaines?
L'amour dérobe à ma fureur
Deux objets qu'il unit des plus aimables chaines;
Les Echos enchantez m'anoncent leur bonheur
Pour redoubler encor mes peines:
Où sont ils ces heureux Amans?
Esperent ils trouver le secours favorable
D'une retraite impenetrable
A mes jaloux ressentimens?
Arbres épais, Forests obscures;
Où la clarté du jour ne penetra jamais;
Solitaires Témoins des maux qu'Amour m'a faits,
Partagez avec moy mes tristes avantures,
Et faites-moy redire au moins par vos Echos,
Quel azile écarté me cache mes Rivaux.
Mais, qu'elle est mon injuste attente
Dans ma fureur impatiente?
J'en attendrois un vain secours;
Les Bois, les Forests les plus sombres,
Se plaisent à cacher sous leurs épaisses ombres
Les Amans & leurs amours.

Cherchons

Cherchons, cherchons ces cœurs perfides
J'ay mes jaloux transports pour guides
Ils me serviront beaucoup mieux.
Embrazons ces Forests, dont l'ombre & le silence
Trahiroit mon dépit & ma juste vengeance
En les dérobant à mes yeux;
Portons la Terreur, le Ravage
Par tout où ma fureur adressera mes pas,
Et que ma jalouse rage
Signalle son passage
Par mille affreux trépas.
Que la vengeance a de quoy plaire!
Hâtons en les efforts trop long-temps suspendus:
Chaques moments qu'on la differe
Sont autant de plaisirs perdus.
Immolons ces Amans à ma fureur extrême,
Et rendons leur hymen fatal:
Qu'il est doux de punir une ingratte qu'on aime,
Par le trépas de son Rival.

Il s'en va pour ne plus paroistre.

SCENE QUATRIE'ME.

ARCAS, IRIS.

ARCAS.

ELoignez vous chagrins, Tristesse
Et cessez de troubler
Des cœurs qu'amour a voulu rassembler.

Pour prix de leur tendresse
De ses plaisirs ce Dieu va les combler
Eloignez-vous chagrins, Tristesse·
Et cessez de troubler
Des cœurs qu'amour a voulu rassembler.

ARCAS & IRIS.

Quittez Bergers, vos Troupeaux, vos Houlettes,
Venez, profitez tous de ces heureux momens :
Prenez vos Haut bois, vos Musettes,
Pour enchanter ces fidelles Amans :
Quittez Bergers, vos Troupeaux, vos Houlettes,
Venez, profitez tous de ces heureux momens.
Joüissez des douceurs parfaites
Qui vont calmer vos rigoureux tourmens.
Quittez Bergers, vos Troupeaux, vos Houlettes,
Venez, profitez tous de ces heureux momens.

On joüe une marche pour faire entrer tout le monde sur le Theatre, & pour estre presens à l'arrivée de l'Amour & de la Paix.

Le Theatre represente le Palais enchanté de l'Amour.

SCENE CINQUIE'ME.

On joüe une Simphonie pour l'entrée de l'Amour & de la Paix.

L'AMOUR & LA PAIX.

L'AMOUR.

PAr ma puissance souveraine,
Je viens lier vos cœurs d'une éternelle chaîne ;

Et pour combler tous vos souhaits ;
Je ramene avec moi les plaisirs & la Paix.

L'AMOUR & LA PAIX.

Chantez cette union charmante,
Que chacun ici se ressente
De nos bien-faits.

L'AMOUR.

Amans, brûlez d'une flâme constante,

LA PAIX.

Rien ne troublera plus vos desirs desormais :

L'AMOUR & LA PAIX.

L'amour s'unit avec la Paix,

LA PAIX.

Parez vos Houlettes
De verds Rameaux,
Tirez de vos Musettes
Des sons nouveaux :
Courez, faites redire
A vos Echos,
Que l'amour dans son Empire
Assure un plein repos.

CHOEUR.

Parons nos Houlettes
De verds Rameaux,
Tirons de nos Musettes
Des sons nouveaux :
Courons ; faisons redire
A nos Echos,
Que l'Amour dans son Empire
Assure un plein repos.

On danse une Gavotte, apres laquelle un Berger chante.

UN BERGER.

Tendres Amans, soyez fidelles
Et laissez enchanter vos cœurs:
Que vos ardeurs soient éternelles,
Goûtez-en toûjours les douceurs
Il n'est plus de peines cruelles,
Quand l'amour fait cesser nos pleurs.

On danse un Menuët, apres lequel on chante.

UNE BERGERE.

Un doux charme ici nous attire;
Ces Lieux sont ornez par l'amour:
Vivez Amans sous son empire,
Les plaisirs y font leur sejour.
Jamais envain on y soûpire,
Profitez tous d'un si beau jour.

On danse une Chaconne.

UNE BERGERE.

Eclairez, ô beaux jours!
Eclairez pour jamais nos charmantes prairies,
Et vous Ruisseaux, que vôtre [illegible]
Entretienne toûjours
Nos douces rêveries:
Que la Paix regne dans ces Lieux,
Banissons les soucis, les soûpirs & les larmes;
Que les ris & les jeux
Succedent aux allarmes.

BIBLIOTHEQUE ROYALE

Le Chœur, pour finir, repette ces quatre derniers vers. *Que la Paix*, &c.

Fin de la Pastoralle.

www.ingramcontent.com/pod-product-compliance
Lightning Source LLC
LaVergne TN
LVHW050500160826
845677LV00003B/861

* 9 7 8 2 3 2 9 6 5 1 4 9 1 *